하늘도 그늘이 필요해

하늘도
그늘이 필요해

이하의 조각보詩 Photo-Poem 제1집

하늘도 그늘이 필요해

초판1판1쇄 인쇄 2015년 12월 24일
초판1판1쇄 발행 2015년 12월 30일

지은이   이 하
펴낸이   임 순 재

펴낸곳   한올출판사
등 록   제11-403호
주 소   서울특별시 마포구 모래내로 83(성산동, 한올빌딩 3층)
전 화   (02)376-4298(대표)
팩 스   (02)302-8073
홈페이지 www.hanol.co.kr
e-메일   hanol@hanol.co.kr

값 11,000원 ISBN 979-11-5685-362-6

출사 동행 찬조작 : 이성희
(pp. 10, 18, 42, 72, 80)

작가의 말

　작가의 변(辯)을 쓰고자 고민하면서 원고를 몇 번째 뒤적거리고 이것저것 쓸거리를 가감합니다. 그런데 한 가지는 꼭 설명해야 할 듯합니다. '조각보詩가 뭐냐' 입니다. 쉽게 말해 조각보시란? '8음보 이하로 짧게 쓴 한국의 시'입니다. 이에 대한 논의는 책의 앞머리 부분이 괜히 무거워질까 이 책 말미의 저자발문으로 돌리겠습니다.

　시의 특징은 결국 함축성에 귀결됩니다. 한 편의 시를 읽고서 빛나는 구절 하나, 표현 몇 마디가 시의 정수를 드러냅니다. 조각보시는 이 같은 현상에 주목합니다. 근본적으로 세계를 다양하게 보고 생각하되 내 마음 속에 점정되는 것을 포착하고 이를 군더더기 없이 표현하고자 하는 언어예술이 조각보시입니다.

　조각보시와 함께 제가 찍은 사진을 곁들였습니다. 저는 시인이지 사진작가 아닙니다. 관련 있다면 대학시절 교지 편집장 이후 여러 가지 책자 편집 책임을 맡으면서 사진을 대한 경험들입니다. 어찌 보면 인상적인 세계를 포착하는 순간이나 주제를 구현하고 대상을 탐색하는 일면에서 사진과 시 창작 행위는 닮아있습니다. 사유의 현상화인 예술에서 장르의 구분은 언어냐 음표냐 그림이냐 사진이냐 라는 구현 매체의 차이가 있을 뿐입니다. 그런 점에서 예쁘기만 하고 사유가 깃들지 않은 사진은 싫습니다. 사진 보정도 가능한 자제합니다. 포토아트 영역도 아니면서 색상, 질감, 구조, 여러 미장센 등이 현실과 괴리되어 있다면 진실을 왜곡하는 일이라 보기 때문입니다. 그런데 시와 사진의 조합과 인쇄 색도이다 보니 이러한 태도가 구현되지 못한 면도 더러 있습니다.

조각보시를 세상에 처음 내놓습니다. 따뜻하게 봐주시면 고맙겠습니다. 그리고 이것이 계기가 되어 많은 조각보시 창작이 있었으면 합니다. 이 글을 마치면서 어릴 때 교인도 아니면서 크리스마스나 연등행사를 맞는 설렘 같은 것이 밀려옵니다. 왠지 행복합니다. 발문과 단평을 써주신 선생님과 인연이 있는 모든 분들, 한 장 한 장 감상하시는 모든 분들께 행복하시길 두 손 모읍니다.

2015. 12. 설악 화채능선을 들인 설와재에서
이 하

차 례
CONTENTS

Ⅱ

하늘도
그늘이 필요해

Ⅲ

문(門), 어쩌면

Ⅰ

그리움도
그림자가 있었네

이하의 조각보詩

그립다고 너무 쳐다보지 마시게

달도 닳아 이미 그믐이 되었네

– 그믐달

누가 저렇게 서럽게 떨구나

향기는 하늘에 두고

— 첫눈이 오던 날

저토록 바래도록 있어주었네

내내 그립다 그립다 했더니

− 낮달

괜찮다 시치미 떼더니
끝내 저리 사무칠 걸

– 노을

그리움도 그림자가 있었네

달빛 아래 서보면

– 달그림자

울면 지는 거야

코를 때려, 맞지만 말고

— 맞고 오던 날, 아버지

혹여 올까 자꾸 보지 마세요

문지방도 닳아 마당인걸요

- 어머니

너는 나를 보고 핀다 하지만

나는 너를 보고 피는 걸

　　　　　　　　　　– 달, 달맞이꽃에게

나홀로 거리는 쓸쓸하고

나홀로 누운 방은 외롭고

― 고독의 차이

그 곳에 들면 늘 고독하다
호수보다 고요한 네 안의 뜰
- 빈터

문득 유리창에 흐르는 빗물이

문득 창가에 쌓인 눈송이

– 벅차면 시를 쓰지 못하는 이유 1

・하늘도 그늘이 필요해

바람 없는 바다 하염없는 눈발
바람 없는 호수 가이없는 달빛
      – 벅차면 시를 쓰지 못하는 이유 2

가을 햇살은 괜스리

붉어지는 눈시울

　－ 가을 마당

어느 티끌에도 혼 닿을 곳 없는

인연이여 신의 휴식이여

– 무정란(無精卵)

누가 백일을 피었다 하는가?

백일 동안 지고 진것을

– 배롱나무

바람에 기대지 않았네,

그저 툭 떠났을 뿐

– 동백꽃

돌아서도, 석등처럼 등대처럼

늘 바라보고 있는 뒷산

- 아버지 2

먼 바다도 단풍이 들지요
그대 저린 연모보다 붉은

− 가을 바다

너를 생각하라고

이른 아침 꽃이 피었구나

– 안부

생각이 나질 않아,

무지개 사이사이 색들 마냥

　　　－ 이별의 이유

더러 서로에게 애태우기도
더러 서로에게 속상하기도
— 연애에서 결혼까지

• 하늘도 그늘이 필요해

이 기쁜 꽃다발 주기 전

내 먼저 안고 있었구나

- 축하

Ⅱ

하늘도 그늘이 필요해

이하의 조각보詩

하늘도 그늘이 필요해

호수는 산그림자를 담는거야

– 영랑호

가을이 선녀였네

탕마다 벗어두었으니

— 십이선녀탕

파랑노랑 섞이면 초록인 걸

하늘과 달은 알았지

— 칠월 녹음

아는 채 아른대는 햇살
못 본 채 우린 차 한 잔

– 차를 마시며

어디 바삐 간다고, 활짝 눈뜨나요?
부처님도 늘 반개(半開)이던데요
　　　　－ 선암사 매화

아침마다 엿보았더니

"마세요. 때 되면 다들 들린대요."

— 설중매

엉키어야 숲이 된다
정연한 가로수, 숲이 아니듯
      – 숲의 조건

10월은 눈으로 들고
11월은 귀로 들었네
- 가을 산책

달은 은하수를 지우기 위해

호수는 달을 지우기 위해

− 흔들리는 이유

바다는 종일 바다로 간다

수평선이 저리 닳은 걸 보면

– 동해

무성할수록 부러지네

감당할 만큼만 피우게나

– 고목이 전하는 말

제 이름 버리고

들면 다 숲이라 하더라

– 숲에 들면

이 날이 아름다운 까닭은

아무도 추락을 빌지 않기에

– 새해 일출

천사들의 가을 운동회날

이른 아침 게으른 하품

— 안개

오르지 못한 너를 위해

두레박 내릴까 마르지 못했구나

           − 비룡폭포

수평선인가 지평선인가
늙은 어부도 모른다 하더이
– 서해 갯벌에서

• 하늘도 그늘이 필요해

하늘은 선을 긋지 않는다

땅과 산이 스스로 지은 경계

— 벌교 가는 길

• 하늘도 그늘이 필요해

산에 숲이 있어서인지

숲에 산이 있어서인지

– 곶자왈

아버지는 삽으로 덜고

어머니는 주걱으로 덜고

― 닮은 생애

수평이 되기 위해 내리고

침묵하기 위해 떨어지고

　- 옹달샘마저

장독대에 기댄 녀석은

아예 일어나지 않을 모양이야

– 봄 햇살

구름부터 마실까, 하늘부터 마실까?
고요히 남기고 마시게

– 차를 권하며

비울 것 다 비우는

겸허한 소요, 또는 오만

— 11월

그 많은 구름을 어느새

누가 갈무리 했을까?

– 가을 하늘

갈라서는 게 아니야

도리어 반겨 만나고 있는 걸

– 모서리

늘 열어두되 들일 것인지

마당은 훤하게 보고 있었지

– 대문에 들어서면

구들의 완전한 외도

대청의 면밀한 이탈

― 툇마루

새벽녘, 눈 가늘게 뜬

여명도 숨을 죽이네

– 종소리

미제 비자 발급 대열이

줄지 않았구나. 평생 그 자리

— 세종로 은행나무

지는 것은 다 흙의 색이 된다
돌아가는 흙의 빛깔이 된다
— 근원

제가 애써 출산한 해를

안아보지도 못하고 가는구려!

– 여명에게

내가 네 모양으로 묶인 건

깨트리지 않고 풀기 위해서야

– 보자기

9월의 햇살은 제 먼저

단풍이 든다

– 9월

뿌리째 절규하려

대궁 그득 울음을 참았다

– 칸나가 피던 날

고양이 걸음으로

봄불이 번지네

— 아지랑이

우린, 초록 크레용이 부족했는데
너흰, 회색 크레용이 부족하구나

　　　　　　　　　　－ 세대 차이

동산은 계절의 시계

강물은 인생의 초침

– 초정밀시계

갈바람은 숨어든 꽃샘

가을비는 갈무리된 우수

― 만추

나는 가을색과 가을빛을

잠시 쥐었다가 놓았을 뿐

      – 단풍놀이

유혹은 잠시, 수수한 꽃이

화려한 열매를 맺더군

    - 장미와 감꽃

차면 비운다 하였더니
채운 것 없으니 빈 것을!

   – 목어

III

문(門), 어쩌면

이하의 조각보詩

영문번역 : 고영민

어쩌면,

밖으로 들어오고

안으로 나가고

– 문(門) 1

Perhaps,

It comes into the outside

and goes out to the inside

– door & gate 1 / Leeha. Korea

어쩌면,

영원히

떠나기 위하여

- 문(門) 2

Perhaps,

To leave

for ever

- door & gate 2

어쩌면,

돌아오고 싶을 때가

있을까봐

- 문(門) 3

Perhaps,

In case of the homing instinct

later

- door & gate 3

어쩌면,

창살의 저항

창의 혁명

– 문(門) 4

Perhaps,

The resistance of bars

The revolution of a window

– door & gate 4

어쩌면,

몰래 흘리는 눈물

혹은 소리 없는 통곡

– 문(門) 5

Perhaps,

Unnoticed tears

or silent wail

– door & gate 5

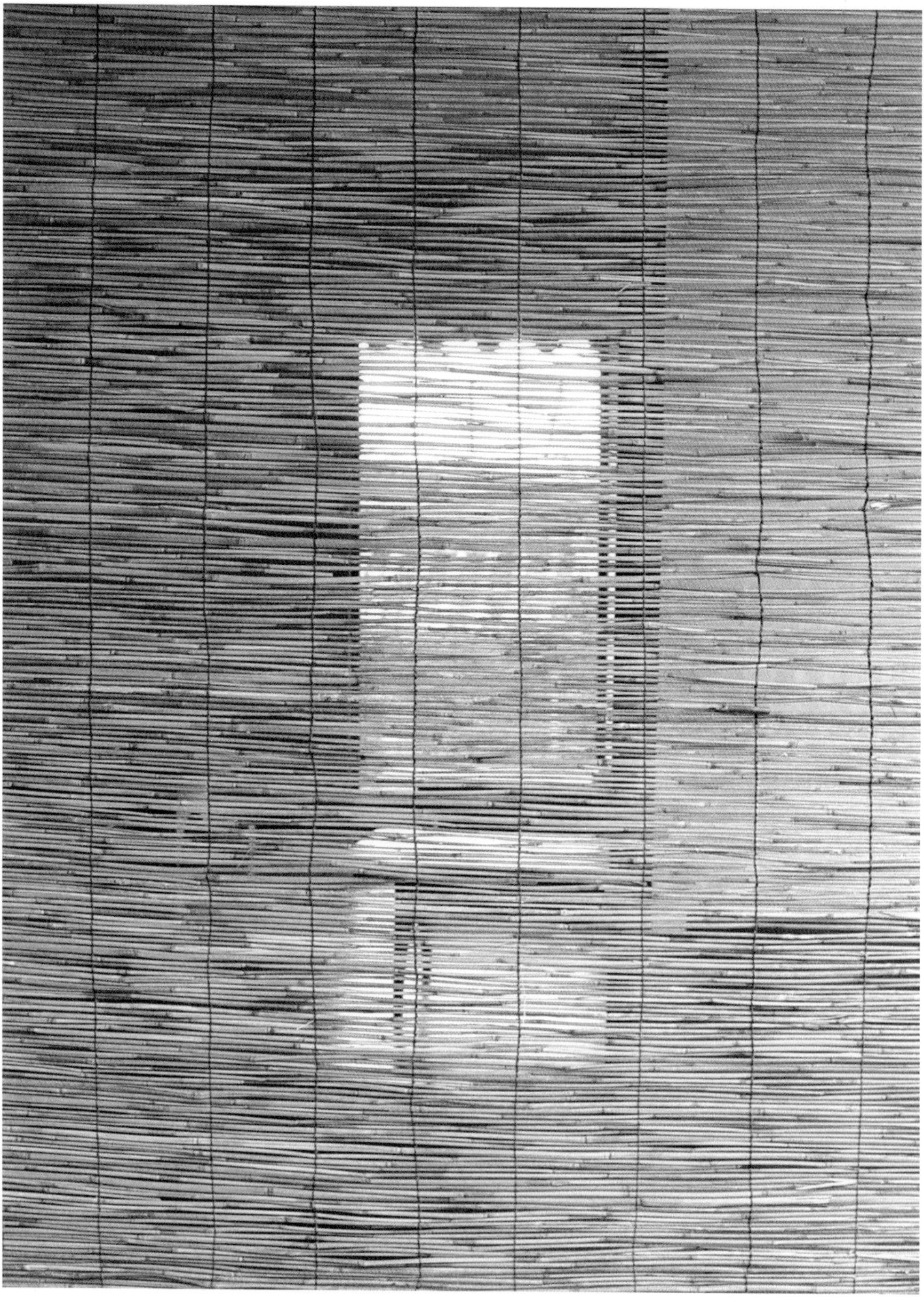

어쩌면,

망부석을 떼낸 자리

그리움에 헐린 틈

– 문(門) 6

Perhaps

The place of a removed stone-wife

The crevice worn down by longing

– door & gate 6

어쩌면,

인간이 바친 신의 수용소

신이 모르는 신전

– 문(門) 7

Perhaps,

Concentration camp of God supported by man

A temple unknown to God

– door & gate 7

어쩌면,

바래지 않는 사진첩

돌려볼 수 없는 영상

– 문(門) 8

Perhaps,

A permanent photo album

An image not retraceable

– door & gate 8

어쩌면,

수직의 이탈

누워버린 벽

− 문(門) 9

Perhaps,

Vertical deviation

The wall in a lying position

− door & gate 9

어쩌면,

안과 밖의 블랙홀

안팎도 밖안도 아닌

— 문(門) 10

Perhaps,

The compound of inside and outside

Neither inside and out nor outside and in

— door & gate 10

어쩌면,

뫼비우스 띠의 사라진 경계

우주로 가는 열쇠

– 문(門) 11

Perhaps,

The disappeared boundary of Mobius strip,

a exit to the cosmic

– door & gate 11

발문

李夏 시인의 '조각보詩'

『하늘도 그늘이 필요해』를 대하며

이 석 규

내가 이하(李夏) 시인의 '조각보시'를 처음 읽었을 때, 머릿속에
알전등이 반짝 켜지는 느낌을 받았다. 평소 마음속에 담고 있던
시에 비해 너무 짧았고, 그 짧은 '언어들의 집합'으로부터 새로운
에너지가 분출되는 것 같았다. 그 영상이 오래오래 뇌리에서 떠
나지 않고 마음을 녹이고 다듬어 주는 것을 느꼈다. 그것은, 사
실은 숨어서 실재하고 있는데, 일상적 사고의 흐름에서 노상 놓
쳐버렸던, 아니 상상치도 못했던 보석 같은 세계를, 예기치 못한
상태에서 맞닥뜨린 것 같은 놀라움이요 기쁨이었다.

이하 시인은 우리 주변에 사실은 보이지만 아무도 볼 수 없는
세계를 꿰뚫는 통찰력과 그것을 본능적으로 감지하는 촉수를 겸
비하고 있는 것 같다. 그리고 그렇게 포착한 세계를 가장 싱그러
운 언어로 변용하는 천부적 재능을 발견할 수 있다. 그리하여 그
조각보처럼 작은 공간에 간결하고 함축적인, 그리고 씹을수록
우러나는 감성의 맛깔스러움과 사색의 깊이를 곁들인, 보다 근

원적 세계를 창조한다. 그의 감각적이며 구체적 언어는 매번 정곡을 찾아 찔러가는 촌철살인의 기개를 싣고 있다. 그리하여 단 하나의 시어도 그 정채(精彩)가 드러나지 않는 법이 없다.

심지어 이 '조각보시'는 제목까지도 의미부여나 의미창조에 기여한다. 아니 그 정도를 넘어서 아예 제목을 시의 뒤에 놓고 그것으로 화룡점정(畵龍點睛)을 완성한다. 다시 말하면 제목까지 다 읽은 순간 시 전체가 신선함으로 가득한 신천지로 변한다.

이하 시인이 '조각보시'라고 명명한 이 새로운 형태의 시는, 우리 시단에서 간과하고 있던 부분에 대하여 보다 탄력성 있고 접근 가능성이 큰 새로운 시 형태의 시발로 보인다. 이를 통해 문학의 영역을 넓힘은 물론, 우리들 속에 들어와 삶을 풍성하게 하고 마음을 순화하며 새로운 세계를 누리게 하는, 시의 새 지평을 여는 계기가 될 것으로 확신한다.

(시조시인, 문학박사, 前 가천대학교대학원장)

조각보시집을 세상에 처음 내놓으면서

이 하

조각보시란 한국의 짧은 시라는 뜻입니다. 문학용어사전에 없는 낱말입니다. 제가 명명한 신조어이기 때문입니다. 그렇다고 한국에 짧은 시가 없었을까? 아주 많습니다. 다만 이러한 시들을 지칭하는 고유 명칭이 없었을 뿐입니다.

짧은 시는 애초 두 서너 행으로 창작된 경우와 긴 시이나 시의 빛나는 구절만 기억되어 그렇게 인지하는 시의 경우가 있습니다. 예를 들어 고은 시인의 〈작은시편〉의 '그 꽃'류의 시, 정현종 시인의 '섬', 최돈선 시인의 '밥' 등과 같은 시는 전자입니다. 한편 독자 기억 속에 압축되어 회자되는 짧은 시류가 있습니다. 안도현 시인의 〈너에게 묻는다〉의 '연탄재 함부로 차지마라. 너는 누구에게 한 번이라도 뜨거운 사람이었느냐'라는 시나 류시화 시인의 '그대가 곁에 있어도 나는 그대가 그립다'라는 시류일 것입니다. 공통점은 세계를 꿰뚫는 직관의 새로움이 있습니다. 그것을 시의 함축성이라는 고유의 형식에 담아두었기 때문에 더 효과적으로 주제를 전달할 수 있었고 독자의 감동을 불러일으킬 수 있었습니다. 요즘 스토리화가 대세인지 시마저 지나치게 산문화되는 경향이 있습니다. 아예 시적 긴장마저 놓아버린 글을 행갈이만 하였다고 버젓이 시 행세를 하고 그러한 시인도 우후죽순입니다.

짧은 시의 유형을 찾다보면 우리의 양장시조에 닿습니다. 노산 이은상 시인이 제안하고 실험한 시형입니다. 1932년 〈노산시조집〉에 수록된 양장 시조는 3장6구12음보의 시조를 2장4구 즉 초장과 종장, 두 개의 장으로 줄인 것입니다. 이는 이우걸 시인 등이 성공적으로 계승하고 있습니다. 또한 일본의 하이쿠(俳句)를 떠올릴 수 있습니다. 일본 와카의 5·7·5·7·7자에서 앞 5·7·5자의 혹쿠(発句)가 계절어(季語)와 매듭말(키레지, 切字)을 써서 형식적으로 발전시킨 짧은 시형입니다. 이 둘의 공통점은 음수율을 중심으로 하는 철저한 정형시라는 점입니다. 응축된 어휘로 인간과 자연의 세계를 서정적이면서도 재치 있게 때로는 심오한 사유의 폭을 보여주고 있습니다. 반면 조각보시는 엄격한 정형시가 아닙니다.

조각보는 조각조각의 헝겊을 대어 만든 보자기입니다. 그 조각은 자투리라는 존재로 생각하기 쉽지만 천의 대표적인 성질을 내보일 때도 조각을 씁니다. 소위 견본이 되는 고갱이도 조각입니다. 조각보는 폭의 자유로움이 있고 조각의 형태나 색상도 각양각색입니다. 그렇다고 크기가 무한하지는 없습니다. 조각에는 제한적 의미가 있기 때문입니다. 문제는 그 제한이 정량화가 되어 있지 않아 모호합니다. 어찌 보면 참 한국적인 폭입니다. 아

마도 조각보를 할머니께 여줘보면 '쪼매한 거 모아서 한 빨쯤(조
그마한 거 모아서 한 팔 길이 정도) 되는 보자기'라 하셨을 것입
니다. 그것도 '쯤'을 강조한. 짧은 시의 짧다는 개념도 이와 비슷
합니다. 이 점을 해결하면 조각보라는 용어는 한국적 이미지와
고유의 문화 요소마저 지니고 있어 짧은 시의 고유한 명칭으로
활용해도 될 것입니다. 즉 '조각보시'는 우리의 짧은 시 형식과
내용을 빗댈 만한 명칭으로 적합하다는 것입니다.

　우리말의 고유한 리듬(운율)은 말의 음절수보다 말마디가 중심
이 됩니다. 그 말마디는 시에서 음보로 구현되는데 우리 민요에서
잘 드러납니다. '아리랑'은 '아리랑/아리랑/아라리오' 세 말마디 즉
3음보이며 '도라지'도 마찬가지입니다. 이 3음보는 '가시리', '청산
별곡' 등 고려가요에서도 볼 수 있습니다. 이가 다시 한 음보 늘어
난 4음보로 발전하여 시조, 가사문학의 시형으로 정착됩니다. 그
러므로 우리에게는 3, 4음보가 매우 친밀합니다. 짧은 시의 시형
은 단형 평시조의 3행(장)보다 짧은 형식이어야 상대적으로 짧다
고 하는 의미 부여가 성립될 수 있을 것입니다. 한 행이 4음보 이
하인 2행시(시각적 분절 등의 효과를 위해서 이 중 한 행을 두 행
으로 배치함도 가능)로 하면 전체적으로 8음보 이하의 시형이 됩니
다. 이로써 시형의 용어로서 조각이라는 낱말은 언어의 분절성
(불연속성), 추상성에서 좀더 분명한 개념으로 정리되는 셈입니다.
　요약 정의 내리면 '조각보시란? 한국의 8음보 이하의 짧은 시'
입니다.

저는 습작부터 문단 활동하는 현재까지 시의 음악성과 함축성이 배제된 시는 퇴고 과정에서 여지없이 버립니다. 또는 시상(詩想)이 빼어나더라도 시적언어로 형상화 되지 못한 글은 에세이에 반영하더라도 시로 분류하지 않습니다. 일종의 시 개념에 대한 고전적 결벽(fastidiousness)이라고도 볼 수 있습니다.

한 때는 시가 짧으면 시력이 부족하다는 시각도 있었습니다. 그러나 이는 양적인 문제보다 평이한 표현과 상상력의 한계가 있었을 때 적절한 지적일 것입니다. 말글살이에서 정문일침(頂門一鍼)이 있듯이, 학문에서 복잡한 지식을 핵심정리 하듯이, 시에 있어서도 번뜩이는 착상과 표현이 있습니다. 이러한 결과를 얻자면 기존 관념에서 벗어나 세계를 달리 보고자 애써야 하고 늘 깨어 있어야 하지만 불현듯 스치고 가는 창의적 직관도 있습니다. 시인이 아니더라도 경험합니다. 이때의 생각을 메모해두지 못한 것을 후회할 때가 있습니다. 이 같은 경우 짧은 시 창작은 시를 길게 만들어내는 능력이 없어도 가능합니다.

만약 이러한 시형이 대중화 되었더라면 한국도 훌륭한 짧은 시 시인이 많았을 것입니다. 앞으로 짧은 시, 곧 조각보시 창작의 활성화는 하이쿠에 버금가는 문학양식으로 자리 잡을 수 있을 것이며 마쓰오 바쇼 같은 시인도 배출할 수 있을 것입니다. 또한 현대 스마트 시대 환경과도 어울려 많은 사람들이 창작과 감상을 즐길 수 있을 것이며, 자라나는 세대들의 창의성 개발이나 정서교육에도 매우 유용한 방법일 것입니다. ♠